열두 개의 달 시화집
二月.
나는 내 어리석음과 슬픔에 눌리어

열두 개의 달 시화집
二月.

나는 내 어리석음과 슬픔에 눌리어

윤동주 외 지음
에곤 실레 그림

저녁달
고양이

이월 보름에
내 님은 높이 켠 등불 같아라.
만인 비치실 모습이로다.

_고려가요 '동동' 중 二月

차
례

길

잃어 버렸습니다.
무얼 어디다 잃었는지 몰라
두 손이 주머니를 더듬어
길게 나아갑니다.

돌과 돌과 돌이 끝없이 연달아
길은 돌담을 끼고 갑니다.

담은 쇠문을 굳게 닫아
길 위에 긴 그림자를 드리우고
길은 아침에서 저녁으로
저녁에서 아침으로 통했습니다.

돌담을 더듬어 눈물 짓다
쳐다보면 하늘은 부끄럽게 푸릅니다.

풀 한포기 없는 이 길을 걷는 것은
담 저쪽에 내가 남아 있는 까닭이고,

내가 사는 것은, 다만,
잃은 것을 찾는 까닭입니다.

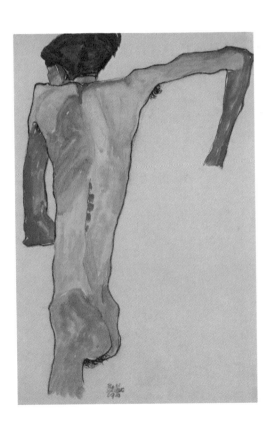

아우의 인상화(印象畵)

윤동주

붉은 이마에 싸늘한 달이 서리어
아우의 얼굴은 슬픈 그림이다.

발걸음을 멈추어
살그머니 애띤 손을 잡으며

'늬는 자라 무엇이 되려니'
'사람이 되지'
아우의 설은 진정코 설은 대답이다.

슬며시 잡았던 손을 놓고
아우의 얼굴을 다시 들여다 본다.

싸늘한 달이 붉은 이마에 젖어
아우의 얼굴은 슬픈 그림이다.

숨ㅅ기 내기

나—ㄹ 눈 감기고 숨으십쇼.
잣나무 알암나무 안고 돌으시면
나는 샅샅이 찾어 보지요.

숨ㅅ기 내기 해종일 하며는
나는 슬어워진답니다.

슬어워지기 전에
파랑새 산양을 가지요.

떠나온 지 오랜 시골 다시 찾어
파랑새 산양을 가지요.

노래 - 내가 죽거든

내가 죽거든, 사랑하는 사람이여
날 위해 슬픈 노래를 부르지 마세요.
내 머리맡에 장미도 심지 말고
그늘진 삼나무도 심지 마세요.
내 위에 푸른 잔디를 퍼지게 하여
비와 이슬에 젖게 해주세요.
그리고 마음이 내키시면 기억해주세요.

나는 사물의 그늘도 보지 못하고
비가 내리는 것조차 느끼지 못하리다.
슬픔에 잠긴 양 계속해서 울고 있는
나이팅게일의 울음소리도 듣지 못하리다.
날이 새거나 날이 저무는 일 없는
희미한 어둠 속에서 꿈꾸며
아마 나는 당신을 잊지 못하겠지요.
아니, 잊을지도 모릅니다.

Song

When I am dead, my dearest,
Sing no sad songs for me;
Plant thou no roses at my head,
Nor shady cypress tree:
Be the green grass above me
With showers and dewdrops wet:
And if thou wilt, remember,
And if thou wilt, forget.

I shall not see the shadows,
I shall not feel the rain;
I shall not hear the nightingale
Sing on, as if in pain:
And dreaming through the twilight
That doth not rise nor set,
Haply I may remember,
And haply may forget.

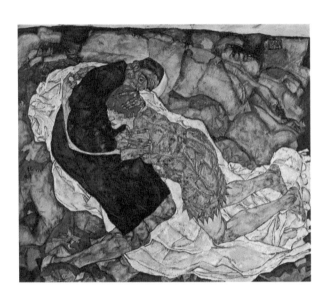

이월 햇발

변영로

가냘프게 가냘프게 퍼지는 이월(二月) 햇빛은
어느 딴 세상에서 내리는 그늘 같은데

오는 봄의 먼 치맛자락 끄는 소리는
가려는 「찬손님」의 무거운 신 끄는 소리인가.

못 잊어

못 잊어 생각이 나겠지요,
그런대로 한세상 지내시구려,
사노라면 잊힐 날 있으리다.

못 잊어 생각이 나겠지요.
그런대로 세월만 가라시구려,
못 잊어도 더러는 잊히오리다.

그러나 또한긋 이렇지요,
'그리워 살뜰히 못 잊는데,
어쩌면 생각이 떠지나요?'

六
日

잠 놓친 밤

변영로

밤은 고요할 대로 고요한데
잠은 어이하여 오지를 않는지

새삼스레 걱정 더럭 됨이 있어선가
그도 꼭은 그렇지를 않건마는

딱딱이 두 차례째나 돌았어도
잠은 길 떠난 사람 같이 안오아

아하 어이없이도 호젓하구나
내 마음은 사람 뵛다 헤진 빈 마당

아하 야릇하게도 괴괴하구나
가죽 밑 도는 피 소리 또렷키도 하네

활활 타는 두 눈 붙이고 누웠노라니
귓속에선 무엔지 잉 하고 운다.

그 무슨 소릴까 그 무슨 소릴까
옛날의 풍경 소리까지 새새 섞이나니

가라앉아라 내 어리고 어리석은 마음이어
오늘 밤은 뒤채고 잠 못 이루나

그 저녁이 오면 괴롬의 붉은 고운 놀 스러지고
꿈조차 섞이잖은 깊은 잠에 빠지리.

사랑하는 까닭

한용운

내가 당신을 사랑하는 것은
까닭이 없는 것은 아닙니다.
다른 사람들은 나의 홍안만을 사랑하지만은
당신은 나의 백발도 사랑하는 까닭입니다.

내가 당신을 사랑하는 것은
까닭이 없는 것은 아닙니다.
다른 사람들은 나의 미소만을 사랑하지만은
당신은 나의 눈물도 사랑하는 까닭입니다.

내가 당신을 사랑하는 것은
까닭이 없는 것은 아닙니다.
다른 사람들은 나의 건강만을 사랑하지만은
당신은 나의 죽음도 사랑하는 까닭입니다.

슬픈 족속(族屬)

윤동주

흰 수건이 검은 머리를 두르고
흰 고무신이 거친 발에 걸리우다.

흰 저고리 치마가 슬픈 몸집을 가리고
흰 띠가 가는 허리를 질끈 동이다.

오늘 오지 않으면
내일은 져버리겠지
매화꽃

今日来ずば明日は散りなむ梅の花

료칸

모란봉에서

윤동주

앙당한 솔나무 가지에
훈훈한 바람의 날개가 스치고
얼음 섞인 대동강물에
한나절 햇발이 미끄러지다.

허물어진 성터에서
철모르는 여아들이
저도 모를 이국말로
재잘대며 뜀을 뛰고

난데없는 자동차가 밉다.

여우난골족

백석

명절날 나는 엄매 아배 따라 우리집 개는 나를 따라 진할머니 진할아버지가 있는 큰집으로 가면

얼굴에 별자국이 솜솜 난 말수와 같이 눈도 껌벅거리는 하루에 베 한 필을 짠다는 벌 하나 건너 집엔 복숭아나무가 많은 신리(新理) 고무 고무의 딸 이녀(李女) 작은이녀

열여섯에 사십(四十)이 넘은 홀아비의 후처가 된 포족족하니 성이 잘 나는 살빛이 매감탕 같은 입술과 젖꼭지는 더 까만 예수쟁이마을 가까이 사는 토산(土山) 고무 고무의 딸 승녀(承女) 아들 승(承)동이

육십리(六十里)라고 해서 파랗게 뵈이는 산(山)을 넘어 있다는 해변에서 과부가 된 코끝이 빨간 언제나 흰옷이 정하든 말끝에 설게 눈물을 짤 때가 많은 큰골고무 고무의 딸 홍녀(洪女) 아들 홍(洪)동이 작은 홍(洪)동이

배나무접을 잘하는 주정을 하면 토방돌을 뽑는 오리치를 잘 놓는 먼 섬에 반디젓 담그러 가기를 좋아하는 삼촌 삼춘엄매 사춘누이 사춘동생들이 그득히들 할머니 할아버지가 있는 안간에들 모여서 방안에서는 새 옷의 내음새가 나고

또 인절미 송구떡 콩가루차떡의 내음새도 나고 끼때의 두부와
콩나물과 볶은 잔디와 고사리와 도야지비계는 모두 선득선득
하니 찬 것들이다

저녁술을 놓은 아이들은 외양간섶 밭마당에 달린 배나무동산
에서 쥐잡이를 하고 숨굴막질을 하고 꼬리잡이를 하고 가마 타
고 시집가는 놀음 말 타고 장가가는 놀음을 하고 이렇게 밤이
어둡도록 북적하니 논다
밤이 깊어가는 집안엔 엄매는 엄매들끼리 아르간에서들 웃고
이야기하고 아이들은 아이들끼리 웃간 한 방을 잡고 조아질하
고 쌈방이 굴리고 바리깨돌림하고 호박떼기하고 제비손이구
손이하고 이렇게 화디의 사기방등에 심지를 몇 번이나 돋구고
홍게닭이 몇 번이나 울어서 졸음이 오면 아릇목싸움 자리싸움
을 하며 히드득거리다 잠이 든다 그래서는 문창에 텅납새의 그
림자가 치는 아침 시누이 동세들이 욱적하니 홍성거리는 부엌
으론 샛문틈으로 장지문틈으로 무이징게국을 끓이는 맛있는
내음새가 올라오도록 잔다

비로봉

윤동주

만상을
굽어보기란 –

무릎이
오들오들 떨린다.

백화
어려서 늙었다.
새가
나비가 된다.

정말 구름이
비가 된다.

옷자락이
칩다.

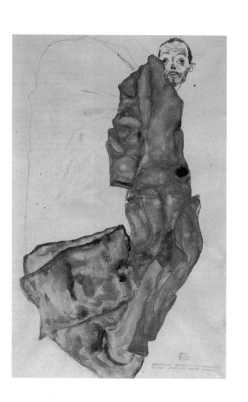

홀로인 것은
나의 별이겠지
은하수 속에

一人なは我が星ならん天の川

잇사

두보나 이백같이

오늘은 정월 보름이다
대보름 명절인데
나는 멀리 고향을 나서 남의 나라 쓸쓸한 객고에 있는 신세로다
옛날 두보나 이백 같은 이 나라의 시인도
먼 타관에 나서 이 날을 맞은 일이 있었을 것이다
오늘 고향의 내 집에 있는다면
새 옷을 입고 새 신도 신고 떡과 고기도 억병 먹고
일가친척들과 서로 모여 즐거이 웃음으로 지날 것이언만
나는 오늘 때 묻은 입든 옷에 마른물고기 한 토막으로
혼자 외로이 앉아 이것저것 쓸쓸한 생각을 하는 것이다
옛날 그 두보나 이백 같은 이 나라의 시인도
이날 이렇게 마른물고기 한 토막으로 외로이 쓸쓸한 생각을 한
적도 있었을 것이다
나는 이제 어느 먼 외진 거리에 한고향 사람의 조고마한 가업집
이 있는 것을 생각하고
이 집에 가서 그 맛스러운 떡국이라도 한 그릇 사 먹으리라 한다
우리네 조상들이 먼먼 옛날로부터 대대로 이날엔 으레히 그러하
며 오듯이

먼 타관에 난 그 두보나 이백 같은 이 나라의 시인도
이날은 그 어느 한고향 사람의 주막이나 반관(飯館)을 찾어가서
그 조상들이 대대로 하든 본대로 원소(元宵)라는 떡을 입에 대며
스스로 마음을 느꾸어 위안하지 않었을 것인가
그러면서 이 마음이 맑은 옛 시인들은
먼 훗날 그들의 먼 훗자손들도
그들의 본을 따서 이날에는 원소를 먹을 것을
외로이 타관에 나서도 이 원소를 먹을 것을 생각하며
그들이 아득하니 슬펐을 듯이
나도 떡국을 놓고 아득하니 슬플 것이로다
아, 이 정월 대보름 명절인데
거리에는 오독독이 탕탕 터지고 호궁(胡弓)소리 뻘뻘 높아서
내 쓸쓸한 마음엔 자꾸 이 나라의 옛 시인들이 그들의 쓸쓸한 마
음들이 생각난다
내 쓸쓸한 마음은 아마 두보나 이백 같은 사람들의 마음인지도
모를 것이다
아무려나 이것은 옛투의 쓸쓸한 마음이다

십자가

쫓아오던 햇빛인데
지금 교회당 꼭대기
십자가에 걸리었습니다.

첨탑(尖塔)이 저렇게도 높은데
어떻게 올라갈 수 있을까요.

종소리도 들려오지 않는데
휘파람이나 불며 서성거리다가,

괴로웠던 사나이
행복한 예수 그리스도에게
처럼
십자가가 허락된다면
모가지를 드리우고

꽃처럼 피어나는 피를
어두워가는 하늘 밑에
조용히 흘리겠습니다.

산협(山峽)의 오후

윤동주

내 노래는 오히려
설ㅎ은 산울림.

골짜기 길에
떨어진 그림자는
너무나 슬프구나.

오후의 명상(瞑想)은
아— 졸려.

목구(木具)

백석

오대(五代)나 내린다는 크나큰 집 다 찌그러진 들지고방 어득
시근한 구석에서 쌀독과 말쿠지와 숫돌과 신뚝과 그리고 옛
적과 또 열두 데석님과 친하게 살으면서

한 해에 몇 번 매연 지난 먼 조상들의 최방등 제사에는 컴컴
한 고방 구석을 나와서 대멀머리에 외얏맹건을 지르터맨 늙
은 제관의 손에 정갈히 몸을 씻고 교우 우에 모신 신주 앞에
환한 촛불 밑에 피나무 소담한 제상 위에 떡 보탕 식혜 산적
나물지짐 반봉 과일 들을 공손하니 받들고 먼 후손들의 공경
스러운 절과 잔을 굽어보고 또 애끊는 통곡과 축을 귀에 하고
그리고 합문 뒤에는 흠향 오는 구신들과 호호히 접하는 것

구신과 사람과 넋과 목숨과 있는 것과 없는 것과 한 줌 흙과 한 점 살과 먼 옛조상과 먼 훗자손의 거룩한 아득한 슬픔을 담는 것

 내 손자의 손자와 손자와 나와 할아버지와 할아버지의 할아버지와 할아버지의 할아버지의 할아버지와…… 수원백씨(水原白氏) 정주백촌(定州白村)의 힘세고 꿋꿋하나 어질고 정 많은 호랑이 같은 곰 같은 소 같은 피의 비 같은 밤 같은 달 같은 슬픔을 담는 것 아 슬픔을 담는 것

달도 보았으니
나는 세상에 대해
이만 말 줄임

月も見て我はこの世をかしく哉

지요니

나는 왕(王)이로소이다

나는 왕(王)이로소이다. 나는 왕(王)이로소이다. 어머니의 가장 어여쁜 아들, 나는 왕(王)이로소이다. 가장 가난한 농군의 아들로서 그러나 시왕전(十王殿)에서도 쫓기어 난 눈물의 왕(王)이로소이다.

"맨 처음으로 내가 너에게 준 것이 무엇이냐?" 이렇게 어머니께서 물으시면은
"맨 처음으로 어머니께 받은 것은 사랑이었지요마는 그것은 눈물이더이다" 하겠나이다.
다른 것도 많지요마는.
"맨 처음으로 네가 나에게 한 말이 무엇이냐?" 이렇게 어머니께서 물으시면은
"맨 처음으로 어머니께 드린 말씀은 '젖 주세요' 하는 그 소리었지요마는,
그것은 '으아' 하는 울음이었나이다" 하겠나이다. 다른 말씀도 많지요마는.

이것은 노상 왕(王)에게 들리어 주신 어머니의 말씀인데요.
왕(王)이 처음으로 이 세상(世上)에 올 때에는 어머니의 흘리신
피를 몸에다 휘감고 왔더랍니다.
그날에 동내(洞內)의 늙은이와 젊은이들은 모두 "무엇이냐"고
쓸데없는 물음질로 한창 바쁘게 오고 갈 때에도 어머니께서는
기꺼움보다도 아무 대답도 없이 속 아픈 눈물만 흘리셨답니다
발가숭이 어린 왕(王) 나도 어머니의 눈물을 따라서 발버둥질
치며 "으아" 소리쳐 울더랍니다.

그날 밤도 이렇게 달 있는 밤인데요,
으스름달이 무리 서고 뒷동산에 부엉이 울음 울던 밤인데요,
어머니께서는 구슬픈 옛이야기를 하시다가요, 일없이 한숨을
길게 쉬시며 웃으시는 듯한 얼굴을 얼른 숙이시더이다.
왕(王)은 노상 버릇인 눈물이 나와서 그만 끝까지 섧게 울어 버
렸소이다. 울음의 뜻은 도무지 모르면서도요.
어머니께서 조으실 때에는 왕(王)만 혼자 울었소이다.
어머니의 지우시는 눈물이 젖 먹는 왕(王)의 뺨에 떨어질 때에
면, 왕(王)도 따라서 시름없이 울었소이다.

열한 살 먹던 해 정월(正月) 열나흗날 밤, 맷젯더미로 그림자를
보러 갔을 때인데요, 명(命)이나 긴가 짧은가 보려고.
왕(王)의 동무 장난꾼 아이들이 심술스러웁게 놀리더이다. 모
가지 없는 그림자라고요.
왕(王)은 소리쳐 울었소이다. 어머니께서 들으시도록 죽을까
겁이 나서요.
나무꾼의 산(山)타령을 따라가다가 건넛산(山) 비탈로 지나가
는 상두군의 구슬픈 노래를 처음 들었소이다.
그 길로 옹달우물로 가자면 지름길로 들어서면은 찔레나무 가
시덤불에서 처량히 우는 한 마리 파랑새를 보았소이다.
그래 철없는 어린 왕(王) 나는 동무라 하고 쫓아가다가 돌무리
에 걸리어 넘어져서 무릎을 비비며 울었소이다.

할머니 산소 앞에 꽃 심으러 가던 한식(寒食)날 아침에
어머니께서는 왕(王)에게 하얀 옷을 입히시더이다.
그러고 귀밑머리를 단단히 땋아 주시며
"오늘부터는 아무쪼록 울지 말아라."
아아, 그때부터 눈물의 왕(王)은!

어머니 몰래 남모르게 속 깊은 소리 없이 혼자 우는 그것이 버릇이 되었소이다.

누우런 떡갈나무 우거진 산길로 허물어진 봉화(烽火) 둑 앞으로 쫓긴 이의 노래를 부르며 어슬렁거릴 때에, 바위 밑에 돌부처는 모른 체하며 감중련(坎中連) 하고 앉았더이다.

아야, 뒷동산 장군(將軍) 바위에서 날마다 자고 가는 뜬구름은 얼마나 많이 왕(王)의 눈물을 싣고 갔는지요.

나는 왕(王)이로소이다. 어머니의 외아들 나는 이렇게 왕(王)이로소이다.

그러나 그러나 눈물의 왕(王)! 이 세상(世上) 어느 곳에든지 설움 있는 땅은 모두 왕(王)의 나라로소이다.

시계

찬 빗방울이 탁탁 때린다
등불이 깜박깜박

품속에서 나온 니켈 시계
내 체온같이 따뜻하구나

손바닥 위서 혼자 가거라
등불 밑에서 혼자 가거라

마지막 버스도 사라졌건만
기다리는 별은 뵈지않네

가련다 검은밤을 따라서
비젖은 내 니켈 시계와 함께

남신의주 유동 박시봉방(南新義州 柳洞 朴時逢方)

백석

어느 사이 아는 아내도 없고, 또,
아내와 같이 살던 집도 없어지고,
그리고 살뜰한 부모며 동생들과도 멀리 떨어져서,
그 어느 바람 세인 쓸쓸한 거리 끝에 헤매이었다.
바로 날도 저물어서,
바람은 더욱 세게 불고, 추위는 점점 더해 오는데,
나는 어느 목수(木手)네 집 헌 삿을 깐,
한 방에 들어서 쥔을 붙이었다.

이리하여 나는 이 습내 나는 춥고, 누긋한 방에서,
낮이나 밤이나 나는 나 혼자라도 너무 많은 것같이 생각하며,
딜옹배기에 북덕불이라도 담겨오면,
이것을 안고 손을 쬐며 재 우에 뜻없이 글자를 쓰기도 하며,
또 문 밖에 나가디두 않구 자리에 누어서,
머리에 손깍지벼개를 하고 굴기도 하면서,
나는 내 슬픔이며 어리석음이며를 소처럼 연하여 쌔김질하는
것이었다.
내 가슴이 꽉 메어 올 적이며,
내 눈에 뜨거운 것이 핑 괴일 적이며,
또 내 스스로 화끈 낯이 붉도록 부끄러울 적이며,

나는 내 슬픔과 어리석음에 눌리어 죽을 수밖에 없는 것을 느끼
는 것이었다.
그러나 잠시 뒤에 나는 고개를 들어,
허연 문창을 바라보든가 또 눈을 떠서 높은 턴정을 쳐다보는 것
인데,
이때 나는 내 뜻이며 힘으로, 나를 이끌어 가는 것이 힘든 일인
것을 생각하고,
이것들보다 더 크고, 높은 것이 있어서, 나를 마음대로 굴려 가
는 것을 생각하는 것인데,

이렇게 하여 여러 날이 지나는 동안에,
내 어지러운 마음에는 슬픔이며, 한탄이며, 가라앉을 것은 차츰
앙금이 되어 가라앉고,
외로운 생각만이 드는 때쯤 해서는,
더러 나즛손에 쌀랑쌀랑 싸락눈이 와서 문창을 치기도 하는 때
도 있는데,
나는 이런 저녁에는 화로를 더욱 다가 끼며, 무릎을 꿇어 보며,
어니 먼 산 뒷옆에 바우섶에 따로 외로이 서서,
어두어 오는데 하이야니 눈을 맞을, 그 마른 잎새에는,
쌀랑쌀랑 소리도 나며, 눈을 맞을,
그 드물다는 굳고 정한 갈매나무라는 나무를 생각하는 것이었다.

기다리는 봄

윤곤강

지붕도 나무도 실개울도
죄다아 얼어붙은 밤과 밤
봄은 아득히 머언데
싸락눈이 혼자서 나리다 말다……
밤이 지새면 추녀 끝엔
수정 고드름이 두 자 석 자……
흉칙한 가마귀떼 울음소리와
울부짖는 된바람의 휘파람 뒤에
따스한 햇살이 푸른 하늘에 빛나
마침내 삼단같이 기인 햇살로
아침 해 둥두렷이 솟아오르면,
장미의 술 속에 나비 벌 취하고
끊인 사람의 실줄은 맺어지리

새벽이 올 때까지

윤동주

다들 죽어가는 사람들에게
검은 옷을 입히시오.

다들 살아가는 사람들에게
흰 옷을 입히시오.

그리고 한 침실(寢室)에
가지런히 잠을 재우시오.

다들 울거들랑
젖을 먹이시오.

이제 새벽이 오면
나팔소리 들려 올 게외다.

팔복(八福)
— 마태복음(福音) 오장(五章) 삼(三) — 십이(十二)

윤동주

슬퍼하는 자는 복이 있나니
슬퍼하는 자는 복이 있나니
슬퍼하는 자는 복이 있나니
슬퍼하는 자는 복이 있나니
슬퍼하는 자는 복이 있나니
슬퍼하는 자는 복이 있나니
슬퍼하는 자는 복이 있나니
슬퍼하는 자는 복이 있나니

저희가 영원(永遠)히 슬플 것이오.

달 좇아

조명희

이 밤의 저 달빛이 야릇이도
왜 그리 사람의 마음을 흔드는지
가없이 가없이 서리고 아파라.

아아, 나는 달의 울음을 좇아 한없이 가련다
가다가 지새는 달이 재를 넘기면
나도 그 재 위에 쓰러지리라.

이별

윤동주

눈이 오다 물이 되는 날
잿빛 하늘에 또 뿌연내, 그리고
크다란 기관차는 빼 – 액 – 울며,
쪼끄만, 가슴은, 울렁거린다.

이별이 너무 재빠르다, 안타깝게도,
사랑하는 사람을,
일터에서 만나자 하고 – ,
더운 손의 맛과 구슬 눈물이 마르기 전
기차는 꼬리를 산굽으로 돌렸다.

묻지 마오

웨 우는가? 묻지 마시오
나도 모르고 우는 울음이니
뉘라서 알 사람이 도모지 없이
울어야만 시원할 내 울음이오

웨 웃는가? 묻지 마시오
나도 모르게 공연히 기쁘니
참을 수 없는 웃음이기에
대답도 없이 웃었든 것이오

고독

노천명

변변치 못한 화(禍)를 받던 날
어린애처럼 울고 나서
고독을 사랑하는 버릇을 지었읍니다.

번잡(煩雜)이 이처럼 싱크러울 때
고독은 단 하나의 친구라 할까요.

그는 고요한 사색의 호수가로
나를 달래 데리고 가
내 이지러진 얼굴을 비추어 줍니다.

고독은 오히려 사랑스러운 것
함부로 친할 수도 없는 것 –
아무나 가까이하기도 어려운 것인가봐요.

윤동주

尹東柱. 1917~1945. 일제강점기의 저항(항일)시인이자 독립운동가. 아명은 해환(海煥). 해처럼 빛나라는 뜻이다. 동생인 윤일주의 아명은 환(達煥)이다. 갓난아기 때 세상을 떠난 동생은 '별환'이다.

윤동주는 만주 북간도의 명동촌에서 태어났으며, 기독교인인 할아버지의 영향을 받았다. 1931년(14세)에 명동소학교를 졸업하고, 한때 중국인 관립학교인 대랍자 학교를 다니다 가족이 용정으로 이사하자 용정에 있는 은진중학교에 입학하였다. 1935년에 평양의 숭실중학교로 전학하였으나, 학교에 신사참배 문제가 발생하여 폐쇄당하고 말았다. 다시 용정에 있는 광명학원의 중학부로 편입하여 거기서 졸업하였다.

1941년에는 서울의 연희전문학교 문과를 졸업하고, 일본으로 건너가 도쿄에 있는 릿쿄대학 영문과에 입학하였다가, 다시 1942년, 도시샤 대학 영문과로 옮겼다. 학업 도중 귀향하려던 시점에 항일운동을 했다는 혐의로 일본 경찰에 체포되어(1943. 7), 2년형을 선고받고 후쿠오카 형무소에서 복역하였다. 그러나 복역 중 건강이 악화되어 1945년 2월에 생을 마감하고 말았다. 유해는 그의 고향 용정에 묻혔다. 한편, 그의 죽음에 관해서는 옥중에서 정체를 알 수 없는 주사를 정기적으로 맞은 결과이며, 이는 일제의 생체실험의 일환이었다는 주장도 제기되고 있다.

15세 때부터 시를 쓰기 시작하여 첫 작품으로 〈삶과 죽음〉〈초한대〉를 썼다. 발표 작품으로는 만주의 연길에서 발간된 《가톨릭 소년》지에 실린 동시 〈병아리〉(1936. 11) 〈빗자루〉(1936. 12) 〈오줌싸개 지도〉(1937. 1) 〈무얼 먹구사나〉(1937. 3) 〈거짓부리〉(1937. 10) 등이 있다. 연희전문학교 시절 작품으로는 《조선일보》에 발표한 산문 〈달을 쏘다〉, 교지 《문우》지에 게재된 〈자화상〉〈새로운 길〉이 있다. 그리고 그의 유작인 〈쉽게 쓰여진 시〉가 사후에 《경향신문》에 게재되기도 하였다(1946).

그의 절정기에 쓰인 작품들을 1941년 연희전문학교를 졸업하던 해에 《하늘과 바람과 별과 시》라는 제목으로 발간하려 하였으나 뜻을 이루지 못하였다. 그의 자필 유작 3부와 다른 작품들을 모아 친구 정병욱과 동생 윤일주가, 사후에 그의 뜻대로 1948년, 《하늘과 바람과 별과 시》라는 제목으로 출간했다.

29년의 짧은 생애를 살았지만 특유의 감수성과 삶에 대한 고뇌, 독립에 대한 소망이 서려 있는 작품들로 인해 대한민국 문학사에 길이 남은 전설적인 문인이다. 2017년 12월 30일, 탄생 100주년을 맞이했다.

백석

白石. 1912~1996. 일제 강점기와 조선민주주의인민공화국의 시인이자 소설가, 번역문학가이다. 본명은 백기행(白夔行)이며 본관은 수원(水原)이다. '白石(백석)'과 '白奭(백석)'

이라는 아호(雅號)가 있었으나, 작품에서는 거의 '白石(백석)'을 쓰고 있다.

평안북도 정주(定州) 출신. 오산고등보통학교를 마친 후, 일본에서 1934년 아오야마학원 전문부 영어사범과를 졸업하였다. 부친 백용삼과 모친 이봉우 사이의 3남 1녀 중 장남으로 출생했다. 부친은 우리나라 사진계의 초기인물로 《조선일보》의 사진반장을 지냈다. 모친 이봉우는 단양군수를 역임한 이양실의 딸로 소문에 의하면 기생 내지는 무당의 딸로 알려져 백석의 혼사에 결정적인 지장을 줄 정도로 당시로서는 심한 천대를 받던 천출의 소생으로 알려져 있다.

1930년 《조선일보》 신년현상문예에 1등으로 당선된 단편소설 〈그 모(母)와 아들〉로 등단했고, 몇 편의 산문과 번역소설을 내며 작가와 번역가로서 활동했다. 실제로는 시작(時作) 활동에 주력했으며, 1936년 1월 20일에는 그간 《조선일보》와 《조광(朝光)》에 발표한 7편의 시에, 새로 26편의 시를 더해 시집 《사슴》을 자비로 100권 출간했다. 이 무렵 기생 김진향을 만나 사랑에 빠졌고 이때 그녀에게 '자야(子夜)'라는 아호를 지어주었다. 이후 1948년 《학풍(學風)》 창간호(10월호)에 〈남신의주 유동 박시봉방(南新義州 柳洞 朴時逢方)〉를 내놓기까지 60여 편의 시를 여러 잡지와 신문, 시선집 등에 발표했으나, 분단 이후 북한에서의 활동은 정확히 알려진 것이 없다.

백석은 자신이 태어난 마을과 마을 사람들 그리고 주변 자연을 대상으로 시를 썼다. 작품에는 평안도 방언을 비롯하여 여러 지방의 사투리와 고어를 사용했으며 소박한 생활모습과 철학적 단면이 시에 잘 드러나 있다. 그의 시는 한민족의 공동체적 친근성에 기반을 두었고 작품의 도처에는 고향의 부재에 대한 상실감이 담겨 있다.

김소월

金素月. 1902~1934. 일제 강점기의 시인. 본명은 김정식(金廷湜)이지만, 호인 소월(素月)로 더 널리 알려져 있다. 본관은 공주(公州)이며 1934년 12월 24일 평안북도 곽산 자택에서 33세 나이에 음독자살했다. 그는 서구 문학이 범람하던 시대에 민족 고유의 정서를 노래한 시인이라고 평가받고 서정적인 시로 오늘날까지도 많은 사랑을 받고 있다. 〈진달래꽃〉〈금잔디〉〈엄마야 누나야〉〈산유화〉외 많은 명시를 남겼다. 한 평론가는 "그 왕성한 창작적 의욕과 그 작품의 전통적 가치를 고려해 볼 때, 1920년대에 있어서 천재라는 이름으로 불릴 수 있는 거의 유일한 시인이었음을 알 수 있다"고 평가했다.

정지용

鄭芝溶. 1902~1950. 대한민국의 대표적 서정 시인이다. 충청북도 옥천군 옥천면 하계리에서 한의사인 정태국과 정미하 사이에서 맏아들로 태어났다. 연못의 용이 하늘로 올라가는 태몽을 꾸었다고 하여 아명은 지룡(池龍)이라고 하였다. 당시 풍습에 따라 열두 살에 송재숙(宋在淑)과 결혼했으며, 1914년 아버지의 영향으로 로마 가톨릭에 입문하여 '방지거(方濟各, 프란치스코)'라는 세례명을 받았다. 정지용은 섬세하고 독특한 언어를 구사하며, 생생하고 선명한 대상 묘사에 특유의 빛을 발하는 시인이다. 한국현대시의 신

경지를 열었다는 평가를 받고 있으며, 이상을 비롯하여 조지훈, 박목월 등과 같은 청록파 시인들을 등장시키기도 했다. 그는 휘문고보 재학 시절 〈서광〉 창간호에 소설 〈삼인〉을 발표하였으며, 일본 유학시절에는 대표작이 된 〈향수〉를 썼다. 1930년에 시문학 동인으로 본격적인 문단활동을 했고, 구인회를 결성하고, 문장지의 추천위원으로도 활동했다. 해방 이후에는 《경향신문》의 주간으로 일하며 대학에도 출강했는데, 이화여대에서는 라틴어와 한국어를, 서울대에서는 시경을 강의했다. 1950년 한국전쟁이 일어난 뒤에는 김기림, 박영희 등과 함께 서대문형무소에 수용되었다가, 이후 납북되었다가 사망하였다. 사망 장소와 시기는 정확히 확인되지 않는데, 1953년 평양에서 사망했다고 알려져 있다. 주요 저서로는 《정지용 시집》《백록담》《지용문학독본》 등이 있다. 그의 고향 충북 옥천에서는 매년 5월에 지용제를 개최하고 있으며, 1989년부터는 시와 시학사에서 정지용문학상을 제정하여 매년 시상하고 있다.

노천명

盧天命. 1911~1957. 일제 강점기의 시인, 작가, 언론인이다. 본관은 풍천(豊川)이며, 황해도 장연군 출생이다. 아명은 노기선(盧基善)이나, 어릴 때 병으로 사경을 넘긴 뒤 개명하였다. 1930년 진명여학교를 졸업하고, 그해 이화여전 영문학과에 입학했다. 이화여전 재학 때인 1932년에 시 〈밤의 찬미〉〈포구의 밤〉 등을 발표했다. 그 후 〈눈 오는 밤〉〈망향〉 등 주로 애틋한 향수를 노래한 시들을 발표했다. 널리 애송된 그의 대표작 〈사슴〉으로 인해 '사슴의 시인'으로 불리기도 했다. 독신으로 살았던 그의 시에는 주로 개인적인 고독과 슬픔의 정서가 부드럽게 담겨 있다.

권환

權煥. 1903~1954. 경상남도 창원 출생. 1930년대 초 프로문학의 볼셰비키화를 주도한 대표적인 사회주의적 성격의 활동을 많이 한 시인이자 비평가이다. 1925년 일본 유학생잡지 《학조》에 작품을 발표하였고, 1929년 《학조》 필화사건으로 또 다시 구속되었다. 이 시기 일본 유학중인 김남천·안막·임화 등과 친교를 맺으며 카프 동경지부인 무신자사에서 활약하는 등 진보적 지식인의 면모를 보였다. 1930년 임화 등과 함께 귀국, 이른바 카프의 소장파로서 구카프계인 박영희·김기진 등을 따돌리고 카프의 주도권을 장악하였다.

한용운

韓龍雲. 1879~1944. 일제 강점기의 시인, 승려, 독립운동가. 본관은 청주. 호는 만해(萬海)이다. 불교를 통해 혁신을 주장하며 언론 및 교육 활동을 했다. 그는 작품에서 퇴폐적인 서정성을 배격하였으며 조선의 독립 또는 자연을 부처에 빗대어 '님'으로 형상화했으며, 고도의 은유법을 구사했다. 1918년 《유심》에 시를 발표하였고, 1926년 〈님의 침묵〉 등의 시를 발표하였다. 〈님의 침묵〉에서는 기존의 시와, 시조의 형식을 깬 산문시 형태로 시를 썼다. 소설가로도 활동하여 1930년대부터는 장편소설《흑풍(黑風)》《철혈미인(鐵血美人)》《후회》《박명(薄命)》단편소설《죽음》등을 비롯한 몇 편의 장편, 단편 소설들을 발표하였다. 1931년 김법린 등과 청년승려비밀결사체인 만당(卍黨)을 조직하고 당수로 취임했다. 한용운은 교우관계에 있어서도 좋고 싫음이 분명하여, 친일로 변절한 시인들에 대해서는 막말을 하는가 하면 차갑게 모른 체했다고 한다.

변영로

卞榮魯. 1898~1961. 시인, 영문학자, 대학 교수, 수필가, 번역문학가이다. 신문학 초창기에 등장한 신시의 선구자로서, 압축된 시구 속에 서정과 상징을 담은 기교를 보였다. 민족의식을 시로 표현하고 수필에도 재능이 있었다. 그의 시작 활동은 1918년《청춘》에 영시〈코스모스(Cosmos)〉를 발표하면서부터 시작되었는데 당시에는 천재시인이라는 찬사를 받기도 하였다. 그의 작품들은 부드럽고 정서적이어서 한때 시단의 주목을 받았으며, 작품 기저에는 민족혼을 일깨우고자 한 의도도 깔려 있었다. 대표작으로〈논개〉를 들 수 있다.

윤곤강

尹崑崗. 1911~1949. 충청남도 서산 출생의 시인이다. 본명은 붕원(朋遠). 1933년 일본 센슈 대학을 졸업했으며, 1934년《시학(詩學)》동인의 한 사람으로 문단에 등장했다. 초기에는 카프(KAPF)파의 한 사람으로 시를 썼으나 곧 암흑과 불안, 절망을 노래하는 퇴폐적 시풍을 띠게 되었고 풍자적인 시를 썼다. 그의 시는 초기에 하기하라 사쿠타로오와 보들레르의 영향을 받았고, 해방후에는 전통적 정서에 대한 애착과 탐구로 기울어지기 시작하였다. 시집으로《빙하》《동물시집》《살어리》《만가》등이 있고, 시론집으로《시와 진실》이 있다.

장정심

張貞心. 1898~1947. 시인. 개성 출생. 호수돈여자고등보통학교를 마치고 서울로 와서 이화학당유치사범과와 협성여자신학교를 졸업하고 감리교여자사업부 전도사업에 종사하였다. 1927년경부터 시작을 시작하여 많은 작품을 신문과 잡지에 발표했다. 기독교계에서 운영하는 잡지《청년(靑年)》에 발표하면서부터 등단했다. 1933년 한성도서주식회사에서 간행한《주(主)의 승리(勝利)》는 그의 첫 시집으로 신앙생활을 주제로 하여 쓴 단장(短章)으로 엮었다. 1934년 경천애인사(敬天愛人社)에서 출간된 제2시집《금선(琴線)》은 서정시·시조·동시 등으로 구분하여 200수 가까운 많은 작품을 수록하고 있다. 독실한 신앙심을 바탕으로 한 맑고 고운 서정성의 종교 시를 씀으로써 선구자적 소임을 다한 여류시인으로 높이 평가되고 있다.

조명희

趙明熙. 1894~1938. 조선에서 태어난 소비에트 연방의 작가이다. 조선 충청북도 진천군에서 출생하였다. 3살 때 부친을 여의고, 서당과 진천 소학교를 다녔으며, 서울 중앙 고보를 중퇴하고 북경 사관학교에 입학하려다가 일경에게 붙잡혔다. 3·1 운동에 참가하여 투옥되기도 하였다. 1923년에 희곡 〈파사〉를 발표하고, 1924년에는 시집 《봄 잔디밭 위에》를 출판했다. 이 시기의 희곡이나 시는 종교적 신비주의·낭만주의의 색채가 짙었던 것으로 평가받고 있다. 1928년 소련으로 망명하여, 소련작가동맹 원동지부 지도부에서 근무했다. 하바로브스크의 한 중학교에서 일하며 동포 신문인 《선봉》과 잡지 《노력자의 조국》의 편집을 맡기도 하였다. 1937년 가을 스탈린 정부의 스탈린 숙청 시절에 '인민의 적'이란 죄명으로 체포되어 1938년 4월 15일에 사형언도를 받고 5월 11일 소비에트 연방 하바로브스크에서 총살되었다.

홍사용

洪思容. 1900~1947. 시인. 1900년 경기도 용인 출신. 어려서 서당에서 한학을 공부하고 휘문의숙에 입학했다. 1919년 기미독립운동이 일어나자, 학생운동에 가담했다가 구금되기도 했다. 그해 6월 고향에 돌아와 은거하면서 수필 〈청산백운〉과 시 〈푸른 언덕가로를〉를 썼다. 수필 〈청산백운〉은 휘문 교우 정백과 함께 쓴 것으로 지금까지 알려진 홍사용의 최초의 작품이 되고 있다. 그의 문단활동은 《백조》 창간과 함께 본격화되어 《개벽》 《동명》 《여시》 《불교》 《삼천리문학》 등과 같은 월간지와 일간신문에 시, 소설, 희곡, 수필, 평론 등 많은 작품을 발표했다.

크리스티나 로세티

Christina Georgina Rossetti. 1830~1894. 영국 런던의 샬럿 가 38번지에서 태어났다. 부친은 이탈리아 중부 지방인 아브루초에서 런던으로 정치 망명한 이탈리아 시인 가브리엘레 로세티였고 모친은 바이런과 셸리의 친구이며 내과 의사이자 작가인 존 윌리엄 폴리도리의 여동생 프랜시스 폴리도리였다. 막내딸인 그녀에게는 두 명의 오빠와 한 명의 언니가 있었는데, 오빠 단테 가브리엘 로세티는 빅토리아조 후기 예술가들의 문예 운동인 라파엘 전파(Pre-Raphaelite Brotherhood)를 결성하고 이를 주도적으로 이끈 화가이자 시인이었고, 또 다른 오빠 윌리엄 마이클 로세티와 언니 마리아 프란체스카 로세티는 작가였다. 영국의 대표적인 여류 시인 중 한 명이다. 어린 시절부터 시를 몹시 좋아하였다. 그녀의 작품은 세련된 시어, 확실한 운율법, 온아한 정감이 만들어내는 시경 등으로 신비적·종교적 분위기를 자아냈다. 종교적 이유에 의한 두 차례의 실연으로 결혼을 단념하였으며, 그녀의 작품 중 연애시의 대부분은 좌절된 사랑의 기록이다.

료칸

良寬. 1758~1831. 에도시대의 승려이자 시인. 무욕의 화신, 거지 성자로 불리는 일본의 시승이다. 시승이란 문학에 밝아, 특히 시 창작에서 뛰어난 역량을 발휘한 불교 승려를 지칭하는 말이다. "다섯 줌의 식량만 있으면 그것으로 족하다"라는 말이 뜻하듯 인간이 보여줄 수 있는 무욕과

무소유의 최고 경지를 몸으로 실천하며 살았다. 료칸은 살아가는 방도로 탁발, 곧 걸식유행(乞食遊行)을 한 것으로 유명하다. 오늘날 일본 곳곳에 세워진 그의 동상 역시 대개 탁발을 하는 형상이다. 료칸은 떠돌이 생활을 하면서도 시를 써가며 내면의 행복을 유지하며 청빈을 실천했고, 그의 철학관은 시에 그대로 담겨 있다.

고바야시 잇사

小林一茶. 1763~1828. 고바야시 잇사는 일본 에도 시대 활약했던 하이카이시(俳諧師, 일본 고유의 시 형식인 하이카이, 즉 유머러스한 내용의 시를 짓던 사람)이다. 15세 때 고향 시나노를 떠나 에도를 향해 유랑 길에 올랐다. 그 과정에서 소바야시 지쿠아로부터 하이쿠(俳句) 등의 하이카이를 배웠다. 잇사는 39세에 아버지를 여읜 뒤, 계모와 유산을 놓고 다투는 등 어려서부터 역경을 겪은 탓에 속어와 방언을 섞어 생활감정을 표현한 구절을 많이 남겼다.

가가노 지요니

加賀千代尼. 1703~1775. 여성 시인. 원래 이름은 '지요조(千代女)'이나 불교에 귀의했기 때문에 '지요니'라고 불리는 그녀는 일본인들에게 다음 페이지의 나팔꽃 하이쿠로 친숙하다. 바쇼의 제자 시코가 어린 지요니의 재능을 발견하고 문단에 소개함으로써 이름이 알려졌다. 시코가 죽었을 때 지요니는 다음의 하이쿠를 썼다.

에곤 실레

Egon Schiele, 1890~1918. 오스트리아의 화가. 클림트
의 표현주의적인 스타일을 발전시켰다. 공포와 불안에
떠는 인간의 육체를 묘사하고, 성적인 욕망을 주제로 다
루어 20세기 초, 빈에서 커다란 논란을 일으켰다. 《죽음
과 소녀》는 실레의 걸작 중 하나로 꼽힌다.

구스타프 클림트의 친구이자 피후견인이었던 에곤 실
레는 클림트의 표현주의적인 선들을 더욱 발전시켜 공
포와 불안에 떠는 인간의 육체를 묘사하고, 자신의 성적
인 욕망을 주제로 다뤘다. 빈 공간을 배경으로 툭툭 튀
어나온 뼈가 도드라져 보일 정도로 앙상하게 마르고 고통스러운 모습을 한 실레의 자화
상은 고뇌하는 미술가의 전형을 보여주는 듯하다. 한편 실레의 도시 풍경화들은 역동적
이며, 인파로 넘쳐나는 도시 모습의 이면에는 어떤 긴장감이 감춰져 있음에도 불구하고
묘한 매력을 지니고 있다. 실레가 그린 장인의 초상에서 알 수 있듯이, 그가 그린 초상화
들은 감정이입의 표현이 훌륭하며, 가장 뛰어난 초상화 작품들에 속한다.

실레는 열여섯 살에 빈 미술 아카데미에 들어가지만, 그곳의 교육이 케케묵고 인습적이
라고 생각되어 곧 그만두었다. 그는 몇몇 친구들과 함께 '신미술가협회'를 창립했다. 그
후 그는 여인들과 소녀들의 누드화를 적나라할 정도로 솔직하고 생생하게 묘사한 드로
잉을 제작하기 시작했다. 이 드로잉들은 실레가 크루마우로 이주한 후인 1911년에 문제
가 되기도 했다. 그는 모델이자 동거녀였던 발레리 '발리' 노이칠과의 자유분방한 생활과
미성년자들을 모델로 그린 그림들 때문에 크루마우에서 추방당하게 되었다. 노이렝바
흐에서는 더욱 이해받지 못했다. 1912년 실레는 그곳에서 어린 모델들을 데려다가 부도
덕적인 그림을 그렸다는 죄목으로 잠시 동안 유치장 신세를 져야 했다.

1915년 실레는 발리와의 동거 생활을 청산하고 에디트 하름스와 결혼했다. 1918년이 되
자 실레는 지난 몇 년간에 비해 훨씬 더 안정된 삶을 살게 되었다. 아내인 에디트는 임신
한 상태였다. 실레는 빈 분리파에서 엄청난 성공을 거두었으며, 그해에 사망한 클림트의
자리를 이어받았다. 이 시기에 그는 곧 태어날 아기를 기다리며 아버지가 된다는 기대감
으로 《가족》(1908)을 완성했다. 새롭게 발견한 희망을 보여주는 듯한 이 작품에서 실레
와 아내, 아이는 모두 나체로 묘사되어 있으며 특히 인물들의 행복한 표정이 눈에 띈다.
하지만 같은 해 10월, 실레의 아내는 당시 유럽을 휩쓸던 스페인 독감에 걸려 사망했고,
아내와 배 속의 아기를 잃고 슬퍼하던 실레도 스페인 독감으로 3일 뒤에 세상을 떠났다.

0-1
Seated Woman with Bent Knee 1917

0-2
Self-Portrait with Black Vase and Spread
Fingers 1911

1
Male Nude 1910

2
Two Boys 1910

3-1
Meadow, Church and Houses 1912

3-2
Hermits 1912

3-3
Self-portrait with his head down 1912

4-1
Levitation 1915

4-2
Death and the Maiden 1915

5
The Dancer Moa 1911

6
Standing Male Nude, Back View 1910

7-1
Die kleine Stadt II 1913

7-2
Edith Schiele, Seated 1915

8
Seated Couple (Egon and Edith Schiele) 1915

9
Standing Girl in a Plaid Garment 1909

10
Little Tree (Chestnut Tree at Lake Constance) 1912

11
Winter Trees 1912

12-1
Field Landscape (Kreuzberg near Krumau) 1910

12-2
Two Little Girls 1911

13
Hindering the Artist is a Crime, It is Murdering Life in the Bud 1912

14
Portrait of a Woman 1912

15-1
Self Portrait with Hand to Cheek 1910

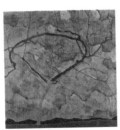

15-2
Autumn -Tree in Movement 1912

16
Standing Male Nude with a Red Loincloth
1914

17
Setting Sun 1913

18-1
Composition with Three Male Nudes 1910

18-2
A Tree in Late Autumn 1911

19
The Daydreamer (Gerti Schiele) 1911

20-1
The Family, 1918

20-2
Young Mother 1914

21
Self Portrait in Lavender and Dark Suit,
Standing 1914

22-1
Man Bending Down Deeply 1914

22-2
Schiele's Room in Neulengbach 1911

23
Bare Tree behind a Fence 1912

24
Procession 1911

25
Standing Male Nude 1910

26
Child in Black 1911

27
The Bridge 1913

28-1
The Artist's wife seated 1918

28-2
Church in Stein on the Danube 1913

28-3
Four trees 1917

29-1
Self-Portrait with Chinese lantern fruits 1912

29-2
Self-Portrait with Striped Armlets 1915

29-3
Nude 1917

열두 개의 달 시화집
二月.
나는 내 슬픔과 어리석음에 눌리어

초판 1쇄 발행 2019년 2월 15일
    3쇄 발행 2021년 8월 17일

지은이 윤동주 외 15명
그린이 에곤 실레
발행인 정수동
발행처 저녁달

출판등록 2017년 1월 17일 제406-2017-000009호
주소 경기도 파주시 문발로 142 쌈지빌딩 304호
전화 02-599-0625
팩스 02-6442-4625
이메일 moon5990625@gmail.com
인스타그램 @moon5990625
ISBN 979-11-963243-1-5   02810

값 9,800원

이 도서의 국립중앙도서관 출판예정도서목록(CIP)은 서지정보유통지원시스템 홈페이지
(http://seoji.nl.go.kr)와 국가자료종합목록시스템(http://www.nl.go.kr/kolisnet)에서
이용하실 수 있습니다. (CIP제어번호 : CIP2018012811)